Exorde...

Appolinaire Zilhoubé

Ukiyoto Publishing

All global publishing rights are held by

Ukiyoto Publishing

Published in 2023

Content Copyright © Appolinaire Zilhoubé

ISBN 9789360163273

*All rights reserved.
No part of this publication may be reproduced, transmitted, or stored in a retrieval system, in any form by any means, electronic, mechanical, photocopying, recording or otherwise, without the prior permission of the publisher.*

The moral rights of the authors have been asserted.

This is a work of fiction. Names, characters, businesses, places, events, locales, and incidents are either the products of the author's imagination or used in a fictitious manner. Any resemblance to actual persons, living or dead, or actual events is purely coincidental.

This book is sold subject to the condition that it shall not by way of trade or otherwise, be lent, resold, hired out or otherwise circulated, without the publisher's prior consent, in any form of binding or cover other than that in which it is published.

www.ukiyoto.com

À tous ceux qui aiment les mots.

Contents

Muse	2
Flamme	3
Au Deuil Des Mots	7
Voyages Au Creux Des Livres	10
Plaisir D'apprendre	12
L'insatiable	18
A Mon Ami De Plume (Toi)	20
Hommages Aux Intemporels	22
Nostalgie D'une Enfance	24
Ado L'essence	26
Pourtant Hier…	29
Je T'ai Cherché	31
Avec Le Diable	34
J'aimerais Encore Frère	36
Mères	38
A L'école	40
Crépuscule Macabre	42
L'être Numérique	44
Je Compte Chaque Jour	47
Il Est Des Jours	49

Gueule De Bois	50
Eternels Solitaires	52
Fatalité	54
Nature	55
Confessions D'un Misérable	57
Le Misérable	59
L'amante	60
Comme La Grande Île	61
L'autre Ce Jour	63
Fleur Fanée	65
La Gourgandine	68
Sens Et Acte	69
Boule Maligne	70
Petite Luserne	71
Epidermisme	72
Toile D'araignée	75
Grande Devinette Des Temps Modernes	78
Cameroun : Géopoème	79
Enfants De Toumaï	81
A L'appel Du Muezzin	83
Apocalypse	84
Le Digne	85

Je Rêve	88
About the Author	91

Je préfère, aux biens dont s'enivre
L'orgueil du soldat ou du roi,
L'ombre que tu fais sur mon livre
Quand ton front se penche sur moi.[1]

Victor Hugo, ***Les Contemplations***

---

[1] Extrait du poème *XXII.*, page 117

Exorde...

Muse

Surgit
        L'inspiration
S'en vont
Les songes
Grapigne
Le poète
Dansent
        Les mots
Fusent
Les vers
Frémissent
Les maux
Fredonne
La muse
        Ricane
Le cygne.

Flamme

J'aime les mots

Comme on aime une femme

Je les aime ces mots

Qui font l'amour

Au clair de lune

Les mots qui dansent

Les mots qui chantent

Je les aime les mots

Les mots solaires

Les mots éclairs

Les mots qui soignent

Les mots qui pansent

J'aime ces mots

Qui enchantent

Exorde...

Les mots idoles

Qui volent

Les mots qui nagent

Les mots pubères

J'aime ces mots

Ces mots oasis

Qui sont si rares

Ces mots rivières

Qui noient les peines

J'aime ces mots

Qui viennent toujours

Qui vont partout

Ces mots dociles

Ces mots coquins

J'aime les mots

Qui enragent

Les mots taquins

Les mots mesquins

Je les aime ces mots

Qui vont partout

Qui viennent toujours

Les mots sensibles

Les mots lumières

Les mots qui brillent

Les mots qui brûlent

Les mots poèmes

Les mots destins

Les mots qui prient

Les mots qui giclent

J'aime les mots

Si purs

Si saints

Les mots pouvoirs

Exorde...

Les mots espoirs

Les mots grivois

Les mots de joie

J'aime ces mots

Et tous ces mots

Les mots du temps

Les mots du vent.

Au Deuil Des Mots

Au deuil des mots je pleure les maux

Les maux des mots les maux d'usage

L'usage des mots

Au deuil des mots je pleure ces mots

Ces mots détruits

Ces mots meurtris

Au deuil des mots je pleure les mots

Ces mots d'horreur

L'horreur des maux

Au deuil des mots je pleure les mots

Les mots poreux

Les mots osseux

Exorde...

Au deuil des mots je pleure les mots
Les mots malades
Les mots aigris

Au deuil des mots je plains les mots
Les mots rugueux
Les mots fétides

Au deuil des mots il pleut des larmes
Des larmes de sang
Du sang qui brûle

Au deuil des mots des chants d'horreur
L'horreur des mots
Des mots qui meurent

Au deuil des mots
Les maux s'effondrent
Les maux des mots

Des mots qui souffrent

Au deuil des mots j'entends les mots
Des mots qui hurlent
Des mots victimes

Au deuil des mots
Les mots se meurent.

Exorde...

Voyages Au Creux Des Livres

Par ces traits qui se lient ô lettres
Je voyage dans l'univers immense de l'écrivain
Contemplant ses sempiternels rêves solitaires
A travers les vagues houleuses de l'inspiration
Je m'envole sous les grêles du cœur
Et le crépitement de ses pensées ardentes
Je voyage libre à travers livres et lyres
Faisant paisiblement le tour du vaste monde
Dans les méandres de ces intrigues abruptes
Je voyage libre et si ivre de livres
A mille lieues de ces lieux si ternes
Où mon carcan immonde me retient captif
Loin de la large rive de mes soucis quotidiens
Je voyage libre à travers rires et pleurs mêlés
Dans les histoires qui émeuvent et qui font frémir
Et les poèmes qui chantent l'hymne de mon cœur

Je voyage à travers le vaste océan

Du mensonge si vrai qui égaie

Qui crée des mondes et dépeint les merveilles du réel

Je voyage silencieux au milieu des personnages bruyants

Qui murmurent qui hurlent et qui râlent autant

Je voyage léger avec les fardeaux des hommes

Que je porte sans gêne sur les épaules de mon corps

Je voyage immobile dans le vaisseau de l'imaginaire

De ces paysages fabuleux se goinfrent mes yeux

Je voyage au cœur de ces poèmes antalgiques

Qu'étoffent ces mots et ces vers si beaux.

Exorde...

Plaisir D'apprendre

Apprendre

De nouveaux mots

Un

Tous les jours

Sept

Cette semaine

Apprends

Fils

De nouveaux mots

Apprends-en

Fils

Des nouveaux

Ces mots

Apprends

Fils

Sept

Cette semaine

Et la prochaine

Autant

Apprends
Fils
Des mots
Nouveaux
Apprends-en
Fils
Des mots
Nouveaux
Apprends-les
Fils
Tous ces mots

Apprends
Fils
Tous les jours
De nouveaux mots
Les mots
Nouveaux
Fils

Apprends tous les jours
Nouveaux
Des mots
Nouveaux
Fils

Apprends
Encore
Et encore
Tous ces mots
Qui viennent
Qui vont
Nouveaux
Et nouveaux
Des mots
Nouveaux
Les apprendre
Fils
Il faut
Aujourd'hui
Encore

Et encore

Demain

Et demain

Et l'autre jour

Et encore

Des mots

Nouveaux

Ceux-ci

Encore

Nouveaux

Anciens

Nouveaux

Nouveaux

Anciens

Des mots

Fils

Tu apprends

Et aujourd'hui

Et demain

Et encore des mots

Exorde...

Nouveaux

Tous les jours

Nouveaux

Cette fois

Nouveaux

Sept fois

Des mots

Apprendre

Fils

Sept

Cette semaine

Des mots

Nouveaux

Anciens nouveaux

Nouveaux anciens

Des mots

Mon fils

Apprendre

Il faut

Tous les jours

Et encore

Et encore

Encore

Et encore

Ces mots

Nouveaux

Mon fils

Apprendre.

L'insatiable

Ce matin au réveil

Je me lève tout nu

Je me découvre ainsi

Ce matin tout nu

Le corps habillé

L'esprit dénudé

Ce matin encore

Je me suis réveillé

Moins humain qu'à la veille

Plus idiot que demain

Chaque jour je me lève

Plus idiot qu'à la veille

Chaque soir je roupille

Moins idiot qu'au réveil

La vie est un livre

Grand ouvert

Chaque page une vie

Toute nouvelle

L'Histoire s'écrit

A l'encre hybride.

A Mon Ami De Plume (Toi)

Devant la page blanche provisoire

L'inspiration toujours ne vient

Les mots souvent se terrent

Ma plume ces fois se sèche

Ami de plume mon ami

Veux-tu qu'on parle

De ces nuits de labeur

De ces mots qui ne viennent

De ces phrases maladives

De ces vers cahoteux

De ces strophes avariées

De ces textes trop nuls

Veux-tu qu'on parle

De toutes ces coquilles

De toutes ces ratures

De toutes ces furies

De ces moments intimes

De ces monologues infinis

De ces silences bruyants

De ces vides trop pleins

Veux-tu qu'on leur parle

De toutes ces fois ?

Hommages Aux Intemporels

Je connais mieux ces poètes muets

Dans leurs sombres sépulcres hantés

Où gisent leurs corps de plomb

Et leurs âmes envolées à l'autre rive inconnue

Je connais ces fosses âpres et mornes remblayées

Où germent leurs vers médusés

De la marine poésie

De la poésie lyrique

De la poésie onirique de ces cœurs qui saignent

Je connais mieux ces cygnes de jadis

Qui parlent à mon cœur pour que chante mon âme

Je les connais ces poètes

Dans les vers et les strophes

Dans les ballades et les odes

Dans la métrique des syllabes mélodieuses

Dans la muse poétique ineffable

Où soufflent ces vents si grands
Qui n'ont d'aire ni de gîte
Où résonnent sans cesse les chants d'ombre
Je connais ce retour césairien au pays natal
Et ce district nord de l'éblouissante beauté
Ce district nord invulnérable aux temps
Où vivent encore les colombes tristes
Qui écrivent l'exil et pensent le monde
Je connais ces morts qui vivent
Et les vivants de l'heure qui sont morts chez eux.

Nostalgie D'une Enfance

Il était si beau si pâle si frêle

Il était

Proche

De Dieu

Si loin

Des hommes

Sans cœurs

Il était

Cet enfant fragile

L'innocence candide

La pureté du cœur

L'insouciance naïve

Le sourire sincère

Les pleurs légitimes

Le sommeil paisible

Les siestes multiples

Il était

L'enfance éphémère

Qui ne connait de genre

De race qu'humaine

Il était

Ces petits doigts soyeux

Ces cheveux lanugineux

Ces lèvres spongieuses

Ce lait maternel

Cette chaleur corporelle

Ces berceuses mélodieuses

Ces bras protecteurs

Il était

La parfaite image de Dieu.

Ado L'essence

Adieu l'enfance

Mon enfance

Quand les nourrissons vagissent

Et les mères se peinent

Au contact du sein

La langue le téton

Les liens se créent

Les anges festoient

Adieu mon enfance

Enfance d'hier

Une Mère-Amour

Un enfant divin

Et partout le temps

Le temps qui passe

Droit et droit devant

Laissant derrière

Les jours heureux

Quand le soleil se lève

Et le soir se couche

Quand ses rayons chatoient

Et le vent apaise

Adieu l'enfance

Quand vient l'adolescence

Les hormones foudroient

Les ailes se déploient

Les mères s'inquiètent

Et les pères s'affolent

Les aînés s'enflamment

Les cadets admirent

Quand vient l'adolescence

Exorde...

L'enfance s'en va

Les sentiments s'agitent

Les bêtises s'enchainent

Quand vient l'adolescence

Les hormones s'en mêlent.

Pourtant Hier…

Et pourtant hier
Nous parlions d'aujourd'hui
Avec l'implacable certitude
De l'innocence puérile
Assis à la margelle de la vie
Où ruissèle le rêve éternel
Qui charrie au loin un avenir radieux.

Quand soudain souffle le vent éclair
De la désillusion létale
Nous découvrons adultes
Les déboires de la grande rêverie
L'enfance nous ayant fait boire avidement
A l'inépuisable coupe de l'immortalité

Et pourtant
Et pourtant lentement le temps s'égraine

Comme nous l'enseigne l'horloge
L'horloge des âges qui nous font grandir
Celle des épreuves qui nous font mûrir
Au milieu des ronces qui nous enchaînent
Quand les épreuves de la vie chaque fois
Nous arrachent des larmes incandescentes
Que seuls les bonheurs éphémères savent éteindre
Avant que la grande faucheuse nous fasse éteindre.

Je T'ai Cherché

Je t'ai cherché
Frère
De mon cœur qui saigne

Je t'ai cherché
Frère
De mes yeux de fontaine

Je t'ai cherché
Dans l'abîme de ces yeux si ternes
Je t'ai cherché ce jour
Pour te nommer frère

Je t'ai cherché
Au fond de ton être aimable
Je t'ai cherché
Dans ton humaine condition

Je t'ai cherché
Frère
Je t'ai cherché partout

Dans mes peines et les tiennes
Dans tes joies et les miennes

Je t'ai cherché assis
Je t'ai cherché debout
Je t'ai cherché le jour
Je t'ai cherché la nuit
Je t'ai cherché ici
Je t'ai cherché ailleurs
Je t'ai cherché du cœur
Je t'ai cherché des yeux
Je t'ai cherché des mains
Je t'ai cherché des pieds

Je t'ai cherché mon frère
Sur les eaux de l'amour

Je t'ai cherché mon frère
Sur les rives débonnaires

Je cherche ta main
Qui me vient en aide
Je cherche ton cœur
Qui m'y loge en frère

Je cherche tes larmes
Qui lavent mes peines
Te trouverai-je frère
Guérit de ta haine
Serais-tu cette fois
Loin des rives jalouses ?

Avec Le Diable

J'ai reçu ce jour
La visite du diable
Qui sonne à ma porte
Et patiente tout calme

J'ai reçu ce jour
Cette visite subite
Du diable qui vient
Qui vient chez moi

J'ai reçu ce jour
La visite du diable
Sans queue ni cornes
J'ai reçu ce jour
La visite du diable

D'une beauté sublime
Ce diable sensuel

Tout de blanc vêtu
J'ai reçu ce jour
La visite du diable

Un large sourire
Un visage d'humain
Un diable généreux
Un diable tout beau

Je l'ai reçu chez moi
En ami en frère
Lui offre mon verre
Mon plat partage

Je l'ai reçu ce jour
Ce diable si vague
Qui s'est mué en diable
Au visage affreux
Ce diable ami
Que j'ai nommé mon frère.

J'aimerais Encore Frère

J'aimerais encore frère
Convaincre mon cœur
Que de ta nourriture sans crainte
Je peux encore manger

J'aimerais encore frère
Lorsque l'envie me prend
Te laisser mon verre
Sans crainte ni peur

J'aimerais encore frère
Puisque frère tu es
De ta kola si rouge
En mordre sans peur

J'aimerais encore frère
Dans le creux de tes oreilles
Te dire mes secrets

Et ne craindre trahison

J'aimerais encore frère
Te tourner ce dos
Et m'en aller sans crainte
D'y être poignardé

J'aimerais encore frère
A l'aube de ma réussite
T'ouvrir ce petit cœur
Et t'espérer des miens

J'aimerais encore frère
T'ouvrir ma demeure
Et de toute ma confiance
T'y loger en frère.

Mères

Mères qui êtes au pluriel
Mes vers singuliers vous nomment ainsi
Dans la tourmente de mon cœur entaillé
Par de sinistres nouvelles empaillées d'horreur

Mères qui êtes seules dans la multitude
Faut-il vous rendre hommage quelquefois
Lorsque de vos entrailles naissent des génies
Et fatalement vous tenir pour seules coupables
Quand explose la bombe qui décime des vies

Mères m'entendez-vous à travers désert et forêt
Quand chante le rossignol ou qu'à tire-d'aile
Les vautours s'envolent attirés irrésistiblement
Par la puanteur des corps qui gisent sans vie

Mères de toutes ces mères qui meurent pourtant

N'êtes-vous mères que de ceux qu'on aime

Et de ceux qu'on lynche vous déclare-t-on coupables

Mères plurielles de ces êtres singuliers

Mes divines pensées vous allument des chandelles

Au mépris dédaigneux des larmes et du sang

Que répandent sans cesse les raisins de vos seins.

A L'école

A l'école va me dit mon père
De cette voix paternelle
Qui commande le destin

A l'école je suis allé sans crainte
Par ma mère tout de neuf habillé

A l'école père je suis allé
Découvrir l'alchimie des mots
Que cachent dans les livres
Les messieurs savants

J'y suis allé père ausculter le monde

A l'école père je suis allé
Enthousiaste en allant
Comme un enfant pubère
J'ai pleuré pourtant

Pour retrouver ma mère

Je suis allé père à l'école des Blancs
Apprendre à lire compter écrire
Les étoiles polaires les planètes solaires
Les chansons d'hiver les espoirs d'ailleurs

Je suis allé père à la prairie du savoir
Apprendre au bois à lier le bois
Je m'en retourne père éploré frileux

O malheur père
Je trouve toujours refuge
Dans ces abris si fertiles
Qui restent toujours les livres.

Crépuscule Macabre

Ce soir

Le ciel était sans lune

Les étoiles toutes étaient sombres

Les Mânes dans les arbres bruissaient

La terre en silence gémissait

Ce soir sans lune

Le mal errait dans les bois

Dans les ruisseaux qui veillent

Et les cris lugubres du corbeau

Ce soir sans lune

Les morts susurraient le sort

Dans les oreilles sourdes des vivants

Ce soir les esprits s'agitaient

Dans les abysses de la géhenne

Ce soir de février funeste
Nos cœurs recevaient le coup de grâce
Ce soir fatal du quinze
Sur le sentier des âmes qui volent
Le ciel malheureux tissait des nuages sombres

Ce soir des peines qui bercent
Ce soir où les mains invisibles
T'ont rendu visite
Ce soir obscur ce soir maudit

Ce soir du fratricide putride
Ce soir qui ne fut qu'un sombre soir
Où la grande faucheuse vint chez nous
Cabrée dans ces larges mains invisibles
T'offrir en festin au diabolique chacal noir.

L'être Numérique

Je sais qu'à vingt-trois printemps sous le firmament
Lorsqu'aujourd'hui il est l'an deux-mille-vingt-trois
Je vis dans un village planétaire
Où nul voisin proche n'est aussi lointain
Lorsqu'internet s'immisce et crée la distance
Dans une société africaine qui s'étiole
En proie aux nouvelles technologies
De l'intoxication et de la conspiration

Je sais qu'à la génération tête baissée j'appartiens
Mais pourtant comme tous je n'échappe
A tous ces gargantuesques réseaux sociaux
Prenant sans cesse part à ces énormités
Alors que partout sur cette vaste terre
Des robots se font construire par des jeunes talents
Et qu'ailleurs pourtant des entrepreneurs bâtissent
Des startups qui résolvent incroyablement
Les problèmes incessants d'un monde grabataire

Je sais qu'à cette génération j'appartiens
Ne me sachant ni heureux ni malavisé
Lorsque le numérique démolit mon monde
Et que les internautes avertis construisent le leur
En créant des sites qui génèrent des revenus
En s'informant toujours des moyens de formation
En allant sans cesse de l'avant
A la vitesse du Net et du réseau sans fil
Profitant de chaque problème à résoudre
Proposant pour chacun une solution rentable
Pivotant à chaque fois quand la réalité commande
Entre deux tests incrustant un troisième
Faisant de l'échec un fin conseiller
Profitant de chaque succès pour en bâtir un meilleur

Je sais résolument que j'appartiens
A cette génération des heureux prisonniers
D'un monde qui change à la vitesse de l'éclair
D'un monde qui tangue mais point ne chavire
D'un monde nouveau où chacun est autre que soi

Je clame ma ferme volonté de m'élever

Profitant chaque instant de la magie du numérique

Apprenant sans cesse comme Einstein recommande

De la science comme Diop toujours je m'arme

Pour qu'un jour fièrement je me regarde dans une glace

Relevant la tête par-dessus les épaules

Et de ma plume effilée à la Mère Patrie l'Afrique

Compose des poèmes comme Césaire comme AlaiM[2].

---

[2] AlaiM pour le poète congolais Alain Mabanckou.

Je Compte Chaque Jour

Je compte chaque jour qu'il m'en reste un

Je compte le matin qu'il me reste un soir

Et quand vient le soir je compte

Qu'il me reste l'aube ensoleillée

Je vis ainsi chaque heure comptant seconde et minute

Profitant de chaque bouffée d'oxygène qui m'enfle les poumons

Je me réjouis de chaque dioxyde qu'inspirent les plantes

Dont la verdure en ces saisons humides

Subjugue mon regard attendri

Quand au loin derrière les mornes et les vastes eaux noires

L'horizon m'attire vers mon destin fatalement solitaire

Alors que souffle le vent je songe aux clapotis du flot de mes craintes

Je dévisage le firmament qui me rappelle l'inévitable ascension de mon âme.

Il Est Des Jours

Il est des jours où je me lève
Mu de la seule pensée amère
De quitter ce monde à jamais
Pour toutes ces raisons sordides
Telle la vie qui n'en vaut plus la peine
Ou l'Amour qui point ne se lie à ma vie
Ou le bonheur qui jamais ne me surprend
Ou mon honneur qu'à coup d'alcool s'étiole
Il est de ces jours si sombres si sombres.

Gueule De Bois

Ce soir la lie
Dans mon corps agit
Ce soir au ciel
Les étoiles toutes ricanent

Ce soir encore
La terre tourne : Anthropocentrisme

Ce soir si sombre
Mon honneur se noie
Dans cette liqueur traîtresse
Qui n'a point d'ami

Ce soir
Les oiseaux migrateurs
Sur mon toit s'envolent tristement
Et l'auguste ciel d'azur sur moi
Darde ses énormes rayons de colère
Je plonge mon visage honteux

Dans le creux de mes mains qui tremblent
Où quelques larmes sauvages s'exclament
Et dégoulinent le long de mes tristes joues

Ma mémoire fidèle aux affres
Ouvre les pages de mon obscur grimoire
Où la cascade de mes ignobles bavures
Ebranle sans cesse mon moral d'aplomb

Et je revoie sans cesse ce film
Je revoie ce film d'horreur qui expose
Des scènes obscènes des paroles obèses
Des gestes de brute d'un homme au regard gris

Dans mes sourdes oreilles dressées
Les cris railleurs des fauves se perdent sans fin
Sur mon ignoble visage bouffi
Ces regards dédaigneux qui m'écrasent l'honneur
Ces femmes qui piaffent et crachent sans cesse
Ces enfants railleurs qui se tordent de rire
Et ces larmes aimables qui coulent à l'intérieur.

Eternels Solitaires

Nous sommes des éternels solitaires
Dans la multitude complexe de l'humanité
Où nous venons seuls en des jours solitaires
Vivre avec d'innombrables solitudes croisées
En paraphant inconsciemment le code social
Qui nous condamne au nom de l'humaine condition
A mutualiser nos égoïsmes au nom de l'épanouissement

Au milieu de cet essaim d'êtres prétendument supérieurs
Le destin nous soustrait à la vie sans préavis
Mettant à l'endroit des incertitudes des lendemains
Une fin certaine de nos gesticulations mégalomanes
Sans cesse gravées sur les grands battants de nos actes sordides
Parés des oripeaux martiens du progrès et du modernisme

Ces actes misérables parfois baptisés des beaux prénoms de la passion amoureuse

Qui dégage sans cesse le parfum nauséabond d'un tyrannique appétit sexuel

Assouvi animalement dans des grottes infâmes ou sur des baguettes putrides

Répandant à travers vents et vagues houleuses les infections les plus honteuses

Dont le châtiment d'incurie sabre fatalement nos brefs séjours terrestres

Et nous rappelle sans cesse que nous ne sommes que d'éternels solitaires.

Fatalité

Naître un jour

Vivre un temps

Mourir toujours

Les êtres chanceux

Les termites

…Mais les vautours aussi.

Nature

Et cette tête qui est ciel

Et ces pieds qui sont terres

Et cet œil qui est lune

Et cet autre qui est soleil

Et ces larmes d'en-haut

Et ces saillies de montagnes

Et ces rivières veineuses

Et ces feuillages bruyants

Et ces vagues qui rugissent

Et ces mains si rugueuses

Et ces corolles si closes

Et ces salives de feu

Et ce ventre qui bourdonne

Et ce vent qui ne souffle

Et ces fleurs qui se rident

Et ces sols essoufflés

Et ces airs si chauds

Et ces cœurs marées noires

Et ces oiseaux malades

Et ces verts cheveux noirs.

Confessions D'un Misérable

Recroquevillé sur ma natte de paille
Je me lève malheureux sur mon séant
Contemplant le toit de chaume décennal
Qui offusque le bleu firmament de mes rêves
Dans la sombre lueur de l'aube dorée
Je dévisage la misère d'un regard hagard

Blottie dans ma cotonnade déchiquetée
Le visage luisant de tous les maux
Qui infestent ma sombre vie
Elle me réclame la vie en mille lambeaux
Car je mange à peine bois non potable
Sors déguenillé et avec rats
Souris cafards cancrelats margouillats
Je partage ma misérable mansarde

Exorde...

Je suis aimable affable sociable
Et partage ma maigre pitance
La nuit je lutte avec le froid
Et les vers intestinaux
Qui me les rongent sans trêve
Je souris aigri aux fourmis
Qui envahissent le plancher défoncé
De mon effroyable taudis

Mon père ma mère mon frère ma sœur
Sont d'effroyables spectres de la misère
Qui tisse sur nos têtes sans cesse
Des desseins malsains qui viennent et vont
Je prends ma plume ce matin pour dire assez

J'en ai marre de cette misère
Qui allonge au sol l'ombre de mes côtes efflanquées
J'en ai marre de ces hommes avares cupides ingrats
Qui vivent comme des rats terrés dans le tas
J'en ai marre de n'avoir à écrire
Que les vomissures dont mon être est plein.

Appolinaire Zilhoubé

Le Misérable

Je lis dans tes yeux sombres si sombres
Ce visage ténébreux de la vieille misère
Qui trouve gîte dans tes cheveux crasseux
Et élit domicile sur ta peau qui se ride

Je lis tristement la douloureuse misère
Qui assombrit rudement ton si doux visage
Cette misère lépreuse qui consume ton âme
Et qui partout sur ton corps grave ses empreintes

Je lis l'éloquence de cette hideuse mégère
Dans tes eaux non potables et ta bouffe dégueulasse
Dans ta hutte insalubre et tes haillons laminés
Dans ton sourire si amer et tes chants d'enfer.

L'amante

Amante qui est verve mystique
Qui est rose qui est muse poétique
Qui est soleil et qui est lune autant
Qui est vie et qui est rive du temps

Tu te trouves si belle et pourtant tu l'es
Il te voit si laide et pourtant si belle
Si belle tu l'es si belle pourtant
Tu es le chauffage d'hiver et la neige d'été.

Comme La Grande Île

Comme la grande île Afrique

Le lit unit nos corps

Quand nos cœurs hostiles s'éloignent

Lorsque le dos au dos fait face

Et qu'au milieu du cœur loge une lance

Les pensées s'envolent vers des cieux lointains

Où les amants prédateurs tissent des lianes

Dans les ravins périlleux de l'infidélité

Ce ne sont ni les rides ni la beauté qui s'écaille

Mais quand le papillon s'envole la rose s'agite

Et le vent malicieux s'en mêle elle flétrit

Les vagues houleuses de l'océan s'estompent

Quand tous désirs tyranniques d'alors se consument

Aimer bien amer devient le verbe

Au point culminant où aucune langue ne se délie de lui

Et toute oreille s'en trouve assourdie

Comme le cœur desséché en cristal sombre se brise.

L'autre Ce Jour

Je suis
Si chétif
Si pâle
Si frêle
Elle pourtant
Est si belle
Parfois
Peut-être
Une chose pourtant
Est si sûre
C'est que d'elle et la guenon
Sans doute la couronne
Lui échoit
L'aimé-je peut-être
De ces hormones si fourbes
M'eût-elle refusé
Pour ces muscles de sauterelle

L'en voudrais-je donc
Si sa vulve si large
De mes si petits doigts fragiles
Ne s'en point satisfait
Elle était
De celles qui en fait un sport
Il leur faut pourtant suer
Que s'embrasent ces chairs
Si tendres si raides.

Fleur Fanée

De l'Amour d'autrefois
Tu me nourris de haine
Ma rose flétrie ma fleur fanée
Sans ces pétales d'amour

Te rappelles-tu encore
Ce jour mythique
Te rappelles-tu encore
Ces regards nubiles

Te rappelles-tu encore
Ces promesses toutes roses
Te rappelles-tu encore
Ces baisers langoureux

Te rappelles-tu encore

Cette belle randonnée
Te rappelles-tu encore
Le parfum des roses

Te rappelles-tu encore
La mélodie des cygnes
Te rappelles-tu encore
Les accolades complices

Te rappelles-tu encore
Ces frites confidences
Te rappelles-tu encore
Ces immenses rêveries

Te rappelles-tu encore
Ces rires si fous
Te rappelles-tu encore
Ces éternelles étreintes

Te souviens-tu toujours

De cette communion des cœurs

Comme Roméo et Juliette

Nous avons attisé la flamme

D'il ne reste que cendre.

La Gourgandine

Elle avait les jambes si souples

Les jambes des dieux

Ouvertes aux vents

Elle en rendait hommage le ciel généreux

De ces jambes si souples

Balayait les nuages

Dans ces rayons de lumière si prompts à luire

Elle en avait fait don

A ces mains fébriles

Ces mains maléfiques si agiles pourtant.

Sens Et Acte

Phase 1 :

Lui sourit

Elle ricane

Les sens s'en mêlent

Ils jouissent

Phase 2 :

Elle tempête

Lui s'affole

La graine s'en mêle

Ils l'étouffent.

Boule Maligne

Je me débats vainement
De cette boule maligne
Qui s'offre le luxe
De s'immiscer en moi
Et me rendre unique si tristement
Privé de toute postérité
Et cloué à cette infirmité
De ne point un jour
Me voir nommer père
Ebloui tous ces matins lumineux
Et ces soirs apaisants si rares
Par la vue d'une femme
Qui porte en elle ma semence qui germe.

Petite Luserne

Je regarde cette belle petite Luserne
Au-dedans de ces beaux yeux si ronds
Où pétillent deux pépites d'étoiles
Je la regarde qui roupille d'un sommeil paisible
Dans ce berceau givré d'étincelles divines
Je regarde ces petits doigts de sapin
Qui s'agitent dans l'air balayant les nuages
Je regarde ces lèvres de soie qui murmurent
Les merveilles de la nature contées au bon Dieu
Je la regarde qui devise avec les anges des cieux
Dans le silence sacré de son infinie bonté.

Epidermisme

Hier encore nous parlions de race
Avec les mots poreux de l'assimilation
Dans la grotte infernale du racisme
Qui du Nègre fait un être inférieur

De vive voix j'invoque Hitler
Parce qu'hier encore
Nous parlions d'antisémitisme
Des camps de concentration
Et des chambres à gaz

Nous parlions hier de la race aryenne
Qui orgueilleusement s'étale
Dans l'espace vital hitlérien
Qu'amenuise la friche juive

Soweto Soweto Soweto
Je t'appelle trois fois Soweto

Face au spectacle affreux de l'apartheid
Je t'appelle trois fois Soweto

Je ne parle pas de race
Je ne parle pas arabe
Je ne parle pas
De la démence hitlérienne
Je ne parle pas
De la sauvagerie civilisatrice
Je ne parle pas
De l'épiderme pigmenté du Noir
De ceux qui naguère
N'étaient pas des Hommes
Dans la poudrière sulfureuse
De l'humaine reconnaissance

Je parle de ceux qui
De leur peau d'ébène
Ont toujours horreur

Et qui usent pour cela

De la magie corrosive

Des produits cosmétiques

O nègres qui clamiez la négritude

Dans les vers de Césaire de Senghor de Damas

Vous qui à vos peaux noires préférez des masques blancs

Etes-vous donc moins épidermistes que les autres ne sont racistes ?

Toile D'araignée

Assis pensifs à la barre de la faim
Un monsieur tel
Licencié en licence
Un docteur tel
Diplômé d'un titre
Un titre ronflant au son guttural

Le système le veut
Les citoyens le font
Quand les salauds dirigent
Les intellos écrivent

Des si longues lettres
Des écueils de poèmes
Des romans de poussière
Des essais suicidaires

Corruption en poche
Favoritisme à droite
Concussion en poste
Tribalisme de garde

Chômage en avant
Délinquance en marche
Allons au lupanar
Où le sexe se vend
Dansons
Au rythme de ces verres de trop

Tous au carrefour
Où l'on joue aux cartes
Ou peut-être au champ
Où la terre recrute

Des historiens du regret
Des géographes du chômage
Des philosophes de l'impossible
Des ingénieurs de cabarets

Des mathématiciens de CV
Des comptables d'étoiles filantes
Des biologistes des emplois rares
Des chimistes en tapioca-arachide

Et debout nous disons
Que vive notre école
Des diplômes en chômage
Du chômage de valeur
Pure valeur de galère.

Grande Devinette Des Temps Modernes

Au pays des crevettes
Tous s'en vont
Lui demeure
Grande devinette des temps modernes

C'est son métier
Il informe
Il les dénonce il meurt
Grande devinette des temps modernes

C'est son métier
Il enseigne
Ils le protègent ils le tuent
La plaie nous parlent le sang gicle
Grande devinette des temps modernes.

Appolinaire Zilhoubé

Cameroun : Géopoème

Du haut de ses quatre mille cent mètres
Le mont Fako défie la voûte céleste
Et contemple surpris la falaise de Ngaoundéré

D'un regard furtif dévisage l'aimable cuvette de la Bénoué
Bordée au loin par ces monts audacieux
Les monts Mandara qui rompent la monotonie
Des basses terres du Nord si vastes au nord
Et dans le paysage verdoyant des yaéré
Survole le Logone d'un mouvement si lent

Au sud du pays ces forêts si denses
De leurs feuillages si verts saluent la savane
Au nord du pays où les steppes s'étalent
Et repoussent le désert d'un geste fougueux

Ici sur le plateau de l'Adamaoua château d'eau

Le fleuve si long le fleuve Sanaga de nom
S'élance tel un oiseau à tire-d'aile
Vers l'océan ô combien blême du vaste Atlantique
De ses rives chatoyantes façonne la plage
De ces cités balnéaires Kribi Limbé Douala

Sous les tropiques du Nord les rayons explosent l'obus
Si rude en mars si pur en mai
L'équateur appelle l'aimable fraîcheur d'hiver
Sur les quatre saisons hospitalières et si clémentes
De ce tronçon territorial qu'on nomme le vaste Sud.

Enfants De Toumaï

Enfants de Toumai
Mes frères du désert
Je vous envoie mon salut
Au large du Chari.

Chantons à l'unisson
L'hymne de la paix
Rendons aux oubliettes
Les armes de la guerre
Jetons dans les flammes
Les semences de la haine

Enfants de Toumaï
Frères de Nimrod
Vous qui êtes amis d'Afrique
Et de ses dignes fils
Nourris des dattiers du désert fertile

Et des poissons frénétiques du Lac Tchad

Je me fais conteur de vos gloires étrangères

Et griot de vos talents légendaires

Citoyens de la terre de l'humanité

Descendants du premier ancêtre

Dans le bleu azur de vos eaux profondes

Diluez le rouge écarlate de vos ruisseaux de sang

Afin que renaisse de ses cendres le Tchad d'alors

Fier de ses fils et de ses filles honoré

Tchad h*annana* Tchad d'Afrique

Pays qui n'a vu naître que des vaillants guerriers

Pays malheureusement ulcéré par des guerres intestines

Debout et à l'ouvrage de ta reconstruction

Brandissons haut le drapeau de la réconciliation

Afin que par tes fils de tous les horizons d'exil tu sois

A nouveau et pour toujours le bleu jaune rouge.

A L'appel Du Muezzin

A l'appel du muezzin

Les chrétiens s'apprêtent

Quand la mort s'approche

Les religions se taisent

Car tout compte fait

Le bon Dieu lui

N'a pas de religion

Et s'il en a une

Elle s'appelle Amour.

Apocalypse

Que brûle le monde
Pour que vivent sur terre
Des cœurs sans hommes

Que se noient les requins
Dans l'océan de flamme
Où les vagues embrasent

Que s'effondre la tour
Qui brandit au ciel
Les cornes du diable.

Le Digne

Si aujourd'hui
Je m'en allais
De ce monde
Qui pue qui suie

Si aujourd'hui
Je m'en allais
De ce monde avarié
Je m'en irais ainsi

La tête vers le ciel
Les orteils vers le sol
Je m'en irais ainsi
De ce monde pourri

Où ne poussent qu'ivraies
Ce monde de maux

De ce monde je m'en irais
Le buste bien haut
Le front luisant
Comme le soleil au zénith

Je m'en irais du monde
La tête sur les épaules
Les pieds épousant le sol
Je m'en irais ainsi

De ce monde
Ce monde putride
Ce monde horrible
Ce monde injuste
Ce monde en vrille

Ce monde des hommes
Qui chantent en chœur
L'hymne du mal
Ce monde des hommes

Ce monde des femmes
A la trahison fidèles
Ce monde barbare
Ce monde démoniaque
Ce monde qui meurt
Ce monde consumé.

Je Rêve

Je rêve

D'un monde où l'Homme

Ne sera qu'Homme

Une tête

Un tronc

Et quatre membres

Je rêve

D'une terre

Où le noir ne sera nègre

Que par la mélanine

Où seules les latitudes auront raison

De la couleur blanche de la peau

Et l'arabe n'en sera que par sa langue

Je rêve

D'un monde

Où la religion ne sera pas une lame

Mais l'aiguille qui fait passer le fil

Un monde

Où la vie humaine sera sacrée

Où la femme ne sera plus la négresse du nègre

Mais l'indispensable mur de soutènement de l'homme

Un monde

Où l'antisémitisme aura foutu le camp

Et le racisme aura fait ses valises

Je rêve

D'un monde où toute tête enrubannée

Ne sera pas bonne à couper

Où tout corps féminin ne sera pas qu'entre-jambe

Où l'alcool

Les portemonnaies magiques

Les organisations ésotériques

L'extrémisme violent

Ne seront pas les seules portes de sortie

D'une jeunesse sans repère ni cadrant.

Je rêve

D'une Afrique

Berceau de l'universalité

Où le jardin de l'amour

Fleurit aux quatre coins du monde

Je rêve

D'une Europe

Où se croisent les barbaries révolutionnées

Où les Lumières ne seront plus des sombres mirages

Où les pulsions des étrangers

Ne seront plus des détonations

Où la « guenon » immigrée de l'île de Niodior

Ne sera pas choyée pour ses Belles Lettres

Et honnie pour ses phrases mitrailleuses

Et des pigments épidermiques de trop.

About the Author

Appolinaire Zilhoubé

Appolinaire Zilhoubé est géographe de formation (auteur/coauteur de plusieurs articles scientifiques), dramaturge (1 pièce de théâtre), romancier (2 romans) et poète (1 recueil de poèmes). Il est également le leader de l'Association pour la Promotion de l'Entrepreneuriat Économique et Culturel en Milieu Jeune (ASSOPEEC-MJ) et préfacier d'un manuel de philosophie.

www.ingramcontent.com/pod-product-compliance
Lightning Source LLC
LaVergne TN
LVHW041536070526
838199LV00046B/1691